GÉRARD MORDILLAT
JÉRÔME PRIEUR

Corpus Christi

Crucifixion

arte Éditions

ÉDITIONS MILLE ET UNE NUITS

MORDILLAT/PRIEUR

Texte intégral

INÉDIT

Ce livre est tiré de la série télévisée *Corpus Christi* coproduite par Archipel 33 et La Sept/Arte.

ISBN : 2-84205-132-7
Achevé d'imprimer en mars 1997
par G. Canale & C. Spa (Turin, Italie)

Sommaire

à la mémoire de Bernard Dubourg

à Sophie Rouffio
à Denis Freyd

Introduction

Quelles que soient nos croyances ou nos convictions, comment se fait-il que nous connaissions aussi peu les origines du christianisme ?

Comment mettre en évidence que les écrits fondateurs qui composent le Nouveau Testament sont le résultat d'une longue élaboration ?

Comment rappeler que les Évangiles, avant d'être un texte sacré, constituent d'abord un texte ?

Comment montrer que cette histoire, tellement investie au cours des siècles par les interprétations religieuses, risque de disparaître sous elles ?

Avant d'interroger chaque phrase du récit de la Passion dans l'Évangile selon Jean, d'en soumettre chaque élément aux hypothèses les plus avancées de la recherche historique, et de la critique textuelle, il faut se défaire de deux préjugés qui, depuis toujours, obscurcissent le débat entre les chercheurs.

D'une part, le « christo-centrisme », c'est-à-dire la tendance des exégètes à tout expliquer – même les impasses du texte – par la certitude indiscutable que Jésus est le Christ.

D'autre part, le soupçon de préméditation ; c'est-à-dire le préjugé supposant que ces textes, aussi divers soient-ils, ont été écrits ou réécrits dans le but de tromper les lecteurs, de les attirer vers l'Église, comme l'ont défendu les historiens « rationalistes ».

Au regard des modes de fabrication, des procédés d'écriture, des anachronismes, des anomalies de ces textes, ni le « christo-centrisme » ni la « préméditation » ne sont des *a priori* recevables.

Ce qu'il faut sans cesse rappeler, en revanche, c'est que les Évangiles ne sont pas contemporains des événements qu'ils décrivent et qu'ils poursuivent d'autres buts que de dire l'histoire. De même que Jésus n'a jamais été chrétien, le christianisme primitif (avant la lettre) est radicalement étranger au modèle catholique et romain auquel il allait finir par donner naissance.

Pour être appréhendée dans sa complexité, la question historique doit donc l'être sur un double terrain. Elle doit l'être dans le cadre du judaïsme du début du Ier siècle, à l'intérieur des données sociales, politiques et religieuses de la Palestine et non selon une grille moderne d'interprétation. Elle doit l'être sans jamais oublier non plus le cadre dans lequel ces textes ont été écrits, c'est-à-dire au moment où le christianisme émerge du judaïsme palestinien et s'en sépare ; au moment où la Palestine par deux fois, en 70 puis en 135, va être vaincue par l'Empire romain.

Corpus Christi touche à un domaine si complexe que nous n'avons, évidemment, ni la naïveté ni la prétention de répondre de façon catégorique aux questions que nous nous posons.

En revanche, nous avons eu l'ambition de n'en omettre aucune, d'y revenir de plusieurs points de vue, sous plusieurs formes afin de serrer au plus près les énigmes qui circonscrivent cet immense domaine de recherche qu'est aujourd'hui, à travers le monde, l'étude du Nouveau Testament et des origines du christianisme.

En d'autres mots, pouvons-nous, et comment, mesurer ce qui sépare le Jésus de l'Histoire de la figure de Jésus-Christ dans la tradition chrétienne ?

Son corps crucifié fut-il celui d'un Dieu ?

Celui d'un homme ?

Ou le corps d'un texte ?

Évangile selon Jean (XIX, 17 à 22)

Ils prirent donc Jésus
Et portant lui-même sa croix
Jésus sortit vers le lieu dit « du crâne »
Qui en hébreu se dit Golgotha
Où ils le crucifièrent
Et avec lui deux autres
Un de-ci, un de-là
Et au milieu Jésus.
Pilate écrivit aussi un écriteau
Et le fixa sur la croix
Il y était écrit
« Jésus le Nazôréen, le roi des Juifs »
Cet écriteau beaucoup de Juifs le lurent
Parce que le lieu où Jésus fut crucifié
Était proche de la ville
Et c'était écrit en hébreu, en latin et en grec.
Les Grands Prêtres des Juifs dirent à Pilate :
« N'écris pas : le roi des Juifs, mais qu'il a dit :
"Je suis le roi des Juifs." »
Pilate répondit :
« Ce que j'ai écrit, je l'ai écrit. »

Crucifixion

Selon l'hypothèse que retiennent aujourd'hui la plupart des historiens, Jésus serait mort crucifié à Jérusalem, aux alentours des années 30 de notre ère…

L'écriture des Évangiles, par lesquels nous connaissons cette histoire, a probablement débuté un quart de siècle ou un demi-siècle plus tard, d'abord de façon fragmentaire puis sous forme de récits constitués. La question de savoir si leur rédaction primitive a commencé avant ou après la chute du Temple de Jérusalem en 70 n'est toujours pas tranchée.

Un fragment de six lignes d'un Évangile selon Jean, conservé à Manchester (papyrus Ryland), est, à ce jour, la trace la plus antique d'un de ces textes ; elle est antérieure à la moitié du IIe siècle… Quant au papyrus Bodmer P66, conservé près de Genève, il a été retrouvé en Haute-Égypte et remonterait aux années 170. Ce codex de soixante-quinze feuillets, lui aussi d'un exemplaire de l'Évangile selon Jean, est le manuscrit le plus ancien d'un Évangile presque complet…

Le papyrus Bodmer comme le Ryland et tous les textes archaïques des Évangiles nous sont connus en grec ; c'est-à-dire dans une langue qui n'était ni celle de Jésus, ni celle de ses compatriotes.

Tous ces textes ont été découverts hors de Palestine.

Par ailleurs, ces écrits fondateurs du christianisme nous sont parvenus sous des formes diverses : épîtres, apocalypses, listes de paroles, récits biographiques… Parmi ces derniers, l'Église a distingué quatre Évangiles auxquels elle accorde une autorité particulière : l'Évangile selon Marc, l'Évangile selon Matthieu, l'Évangile selon Luc et l'Évangile selon Jean.

Une majorité de chercheurs considère l'Évangile selon Marc comme le plus ancien. C'est à partir de lui qu'auraient été écrits ultérieurement les Évangiles selon Matthieu et selon Luc.

Ces trois Évangiles sont appelés « synoptiques », car ils possèdent entre eux de larges parties communes que le lecteur peut appréhender d'un seul coup d'œil (en grec, *sunoptikon)* ; l'Évangile selon Jean, même s'il reprend des éléments du récit des synoptiques pour les formuler d'une autre manière, appartiendrait, lui, à une autre tradition.

Son premier stade de rédaction apparaît, pour certains textualistes, tout aussi archaïque que l'Évangile de Marc, le plus ancien, mais sa rédaction semble s'être poursuivie sur une période beaucoup plus longue que les autres textes. L'Évangile selon Jean aurait donc la particularité d'être à la fois le plus récent des Évangiles et l'un des plus primitifs.

La rédaction des Évangiles, selon une fourchette large, se serait faite entre les années 60 et 150 de notre ère, et comme l'admet Charles Perrot : « Notre connaissance de Jésus repose presque entièrement sur des textes traversés par la confession de foi en la résurrection. D'où la question bien connue : "Comment est-il possible de rejoindre Jésus de Nazareth en deçà de l'événement du Golgotha ?" »

Daniel Schwartz estime que « les grandes lignes de la vie de Jésus de Nazareth sont claires, bien définies et semblables dans les quatre Évangiles. Le jeune garçon vient de Nazareth, peut-être de Bethléem, suivant les versions. Tous s'accordent sur le fait qu'il est connu comme "Jésus de Nazareth". Il a une activité publique, du charisme, il fait des disciples, il monte à Jérusalem, entre en conflit avec l'aristocratie juive, également avec l'administration romaine et finalement il est exécuté. Je crois qu'il n'y a aucune raison d'en douter. Au-delà, si on observe les détails, beaucoup de problèmes apparaissent sur chacun des points de cette histoire, en raison notamment de contradictions à l'intérieur des Évangiles, de leurs invraisemblances. Et aussi parce que, évidemment, certaines choses ont été dites dans un but autre que purement historique ».

Comment pouvons-nous résoudre ces problèmes ?

Étienne Trocmé le reconnaît : « La difficulté est évidemment considérable puisque Jésus n'a rien écrit ; puisque la transmission de ses paroles, ou de certains souvenirs le concernant, s'est faite dans des conditions que nous ne connaissons pas bien. Mais les problèmes sont finalement les mêmes que ceux que nous aurions pour une autre biographie. Les documents sont difficiles mais nous avons, nous autres historiens, à essayer d'y démêler ce qui peut être historique et ce qui ne peut pas l'être, comme on le ferait avec des archives littéraires d'un autre type. »

C'est seulement depuis le XVIIe siècle, voire le XVIIIe siècle, et après de rudes batailles, d'anathèmes en excommunications, que la critique a obtenu de l'Église le droit d'étudier les textes du Nouveau Testament – et notamment les Évangiles - « comme on le ferait avec des archives littéraires d'un autre type ».

Dès 1833, dans *L'Apprentissage de la Bible*, Yedi Frends écrivait : « Le poids de l'Église, la sacralisation des textes, l'emprise de la tradition ecclésiale ont longtemps imposé l'image d'une unité de témoignage sur Jésus, même prononcé à quatre voix. L'image d'un texte lisse, d'un texte sans aspérité dont l'exégèse s'employait à raboter tout pic de doute, d'interrogation. Un corps sous glace : saint et intouchable.

Or, lorsqu'on s'approche du texte des Évangiles, c'est tout le contraire qui apparaît ; sous l'ordre paisible des caractères d'imprimerie, sous la numérotation rassurante des versets, dans le confort des chapitres clairement délimités, le lecteur découvre un récit tourmenté, agité de contradictions, de violences, parfois lourd de redites, parfois bégayant, ignorant la géographie du pays qu'il prétend décrire, se méprenant sur la botanique, l'orientation des vents, mal articulé, cousu de gros fils ou tranché à la hache, heurtant l'un contre l'autre ses propres os, meurtrissant sa chair, la blessant et s'élevant soudain de fulgurances inouïes, de trouvailles narratives, s'arrachant aux ombres : un corps vivant derrière la vitre censée le protéger. »

Ces disparités, ces contradictions, ces redites, ces erreurs, ces spéculations, ces greffes, ces soustractions, ces silences ne sont pas des obstacles à la recherche ; tout au contraire.

Auteur d'une synthèse récente sur les questions d'historicité, *Jésus et l'Histoire*, Charles Perrot semble même nous indiquer la méthode de travail : « Au-delà de cette apparente unité de témoignage des textes évangéliques, la recherche historico-critique saura déceler les heureuses failles qui permettront prudemment d'avancer. »

Avançons donc…

Golgotha

À l'intérieur des Évangiles, la Passion de Jésus, c'est-à-dire son procès, sa condamnation, son supplice, fait même particulièrement difficulté, alors que le récit en semble universellement connu.

« Naturellement, du point de vue de l'historien, la Passion de Jésus pose un problème, explique Enrico Norelli. Les évangélistes disent eux-mêmes que les disciples se sont dispersés au moment de l'arrestation de Jésus. Qu'ils n'ont assisté ni à son procès, ni à sa crucifixion… De fait, au départ, on savait peu de choses sur ce qui s'était passé. »

Le texte est notre seul guide pour tenter de le reconstituer.

Dans l'Évangile selon Jean, le chapitre XIX relate la montée de Jésus au supplice et sa crucifixion.

Aux versets 16 et 17, nous lisons : « Ils prirent donc Jésus et portant lui-même sa croix, il sortit vers le lieu dit du Crâne qui se dit en hébreu *Golgotha.* »

Le Golgotha, qui semble désigner un lieu précis dont on sait seulement qu'il est en dehors de Jérusalem, est-il localisable à l'emplacement où se dresse aujourd'hui l'église du Saint-Sépulcre, bâtie au IVe siècle de notre ère par l'empereur Constantin, plusieurs fois détruite et reconstruite au cours des siècles ?

Ce point demeure toujours en discussion dans la mesure où le Golgotha n'apparaît dans aucun autre document en dehors des Évangiles et que les fouilles archéologiques ont été trop parcellaires pour donner des résultats probants.

Il existe d'ailleurs, à Jérusalem, une autre hypothèse de localisation du Golgotha, *The Garden's Tomb* (« Le Jardin de la Tombe »), près de la porte de Damas, découvert au XIXe siècle par un officier anglais, le général Gordon… Mais même si l'aspect général de ce jardin situé au lieu dit « de la lapidation » propose un décor plus vraisemblable pour le calvaire, rien ne permet d'un point de vue archéologique de préférer un lieu à un autre.

Étienne Nodet, de l'École biblique et archéologique

de Jérusalem, résume ainsi le problème : « Les lieux signalés dans le Nouveau Testament sont difficiles à resituer. Historiquement, au temps de saint Paul, il y avait Jérusalem et c'était tout. La question des pèlerinages est venue beaucoup plus tard. Des chrétiens ne comprenant rien à Jésus, se sont dit : "On va retrouver la trace de ses pas et mettre nos pas dans la trace des ses pas." Alors, en fonction des routes, ils s'arrêtaient, ils ouvraient l'Évangile, ils lisaient une page... et puis, ensuite, ils s'organisaient. D'abord ils vendaient des cacahuètes, puis ils bâtissaient une église et ça devenait un lieu saint. Mais pour tous ces lieux, il y a une discontinuité entre la tradition et les origines. Il y a un trou. »

À titre d'exemple, la *Via dolorosa* (les quatorze stations du chemin de croix que suivent aujourd'hui les pélerins) date probablement du XIIe siècle...

La localisation du lieu du supplice et du tombeau de Jésus n'est donc toujours pas assurée aujourd'hui... Surtout que la mention du « lieu » dans le texte qui peut paraître anodine est aussi, selon Christian-Bernard Amphoux, « utilisée pour désigner le Lieu par excellence, c'est-à-dire le Temple, et plusieurs épisodes évangéliques visent ainsi le Temple comme étant un lieu de mort ».

Alors, ce « lieu », ce « crâne » sont-ils plutôt des signes, mais de quoi ? Plutôt qu'un site géographique, ce *Golgotha* serait-il une allusion cryptée que nous ne savons plus déchiffrer mais que le Saint-Sépulcre dissimule aujourd'hui ?

Simon de Cyrène

Ne sont pas plus assurées les conditions dans lesquelles Jésus fut mené au Golgotha.

Les textes développent deux versions divergentes, peut-être même contradictoires.

Dans les synoptiques (Marc, Matthieu, Luc), les soldats réquisitionnent un homme qui revenait des champs, Simon de Cyrène, pour qu'il se charge de la croix de Jésus. Mais Simon de Cyrène (c'est-à-dire lié d'une manière ou d'une autre à la région nord-africaine de Cyrénaïque) n'apparaît pas de façon absolument semblable dans les trois synoptiques.

Dans Marc et Matthieu, Simon de Cyrène « prend » la croix de Jésus – c'est-à-dire qu'il la porte seul ; dans Luc, il porte la croix « derrière » Jésus – c'est-à-dire que Jésus et Simon de Cyrène portent ensemble la croix...

Comment comprendre alors, dans le récit, la disparition immédiate de celui qui paraissait devoir être le témoin privilégié du supplice et de la mort de Jésus ? Simon de Cyrène est-il uniquement là pour illustrer cette parole de Jésus : « Si quelqu'un veut être mon disciple, qu'il porte sa croix lui-même et qu'il me suive. » ?

« Dans ce cas, souligne Marie-Émile Boismard, si Jésus n'a pas porté sa croix, si c'est Simon de Cyrène qui l'a portée, cette parole n'a plus de sens... Autrement dit, Jésus demande à ses disciples une attitude, une action que lui-même n'aurait pas eu le courage de supporter. »

Est-ce pour cela que Jean – qui probablement connaît les synoptiques – écarte Simon de Cyrène de sa narration soulignant, au contraire, le fait que Jésus porte « lui-même » sa croix ?

Est-ce pour insister, comme l'ont toujours commenté les théologiens, sur le fait que Jésus accepte sa mort et accomplit souverainement son destin ; que la crucifixion, pour employer leur langage, est « son œuvre » et que cette œuvre, Jésus doit la réaliser seul, sans l'aide de quiconque ?

Est-ce pour cela ou pour d'autres raisons ?

Dès la fin du Ier siècle, certains chrétiens qui n'acceptent pas que Jésus ait pu mourir, vont voir en Simon de Cyrène non seulement celui qui a porté la croix de Jésus mais celui qui a été crucifié à sa place puisque, explique Charles Perrot, « on partait du principe que si Jésus est Dieu, Dieu ne peut pas mourir, donc Jésus n'est pas mort, donc c'est Simon de Cyrène qui est mort sur la croix ! ».

Guy Stroumsa ajoute : « C'était l'expression des gnostiques et de tous ceux qui ne voulaient pas croire que Jésus ait pu souffrir et mourir sur la croix. C'est-à-dire de ceux qu'on appelle des docètes (du verbe grec *dokein*, sembler). Pour certains courants du christianisme primitif, Jésus a *semblé* mourir sur la croix. Mais il n'a pas été crucifié. Donc l'incarnation de Jésus n'est pas une véritable incarnation : on parle plutôt du Christ, on parle plutôt d'un sauveur spirituel, d'un sauveur divin, mais pas d'un homme. »

Par exemple, un des textes ésotériques contemporains de la rédaction finale des Évangiles, l'*Apocalypse de Pierre*, découvert en Égypte, à Nag-Hamadi, décrit ainsi avec beaucoup d'imagination Jésus, qui a échappé à la mort, contemplant du haut des cieux Simon de Cyrène crucifié à sa place et riant de voir la ruse qu'il a utilisée pour tromper ses ennemis et triompher des forces du mal.

Quand au gnostique Basilide, on sait par Irénée qu'il défendait une idée tout à fait voisine : « Est-ce Simon qui, par ignorance ou erreur, fut crucifié, après avoir été métamorphosé par lui pour qu'on le prît pour Jésus ? Quant à Jésus lui-même, il prit les traits de Simon et, se tenant là, se moqua des Archontes. Étant en effet une puissance incorporelle et l'Intellect du Père inengendré, il se métamorphosa comme il voulut, et c'est ainsi qu'il est remonté vers Celui qui l'avait envoyé. »

Dans le Coran, c'est également cette image de Jésus qui a été conservée : il n'a pas été crucifié, « seulement sa ressemblance » l'a été…

L'Évangile selon Jean aurait-il supprimé Simon de Cyrène du récit de la Passion pour lutter contre cette interprétation, ou pour ne pas être suspect de céder à ce qui allait devenir l'hérésie gnostique ?

« Il est vrai qu'il y a eu à l'origine du christianisme une réflexion qui a cherché à comprendre l'œuvre du salut du Christ sans admettre la réalité de son humanité, explique encore Enrico Norelli. C'est-à-dire de comprendre Jésus, comme une forme humaine, une forme apparente, prise par un être divin, comme dans le paganisme du monde gréco-romain, on pensait que les divinités pouvaient prendre la forme d'êtres humains. »

« Mais est-ce qu'il a jamais existé, votre Jésus ? »

Si certains de ses contemporains ont pu penser que Jésus n'avait pas de corps, que ce n'était qu'un être spirituel, qu'il n'avait pas été crucifié, ne pouvons-nous pas douter aujourd'hui de son existence ?

« L'existence historique de Jésus est postulée par toute l'histoire du christianisme... », écrivait Alfred Loisy.

« Postulée » parce que sa vie serait hors l'Histoire ? En tout cas hors l'Histoire telle que nous la définissons aujourd'hui, telle que nous la concevons ?

La faiblesse, si ce n'est l'absence totale de témoignages non chrétiens sur la personne et la vie de « Jésus de Nazareth » paraît aujourd'hui encore surprenante.

Comment un personnage qui tient une place si fondamentale, sur qui reposent deux mille ans d'une civilisation, a-t-il pu passer de son temps si complètement inaperçu ?

Comme le reconnaît Charles Perrot, « notre connaissance du milieu du Nouveau Testament, c'est-à-dire de tout le contexte culturel et historique du Ier siècle de notre ère, a fait des progrès considérables depuis quelques décennies à la suite de nombreuses découvertes archéologiques. Rappelons les extraordinaires richesses de Qumrân et les continuelles découvertes sur le sol palestinien. Mais sur Jésus lui-même, ses proches, ses apôtres, les attestations n'ont pas changé et sont toujours aussi limitées ».

Ernest Renan, il y a un siècle, affirmait déjà qu'une seule page suffirait à les réunir…

Malgré cela, pour Daniel Schwartz, « il n'y a aucune bonne raison de douter que Jésus de Nazareth a existé et qu'il a été crucifié par les Romains. Le fait n'est pas seulement attesté par les Évangiles, mais en dehors d'eux ».

En effet, on cite classiquement les historiens romains.

Pline le Jeune (à l'empereur Trajan, vers 111) : « Ceux qui niaient être chrétiens… si devant moi ils avaient invoqué les dieux, adoré ton image… et maudit le "Christ"… j'ai cru devoir les renvoyer… (ceux qui ne l'étaient plus) ont tous vénéré ton image et maudit le "Christ". Mais ils affirmaient que toute leur faute ou leur erreur n'avait été que de se réunir à leur coutume à jour fixe, avant l'aube et de chanter entre eux tour à tour une incantation au "Christ" comme à un dieu *(Christo quasi deo)…* »

Tacite (vers 116 – 117) : « (Soupçonné d'avoir provoqué les incendies de Rome), Néron, pour dissiper cette rumeur, désigna des coupables à sa place et frappa des peines les plus raffinées ces gens odieux en raison de leurs scandales, que le vulgaire appelait chrétiens. L'auteur de ce nom, Christ, sous le gouvernement de Tibère, avait été mis à mort par le procurateur Ponce Pilate ; et cette détestable superstition, qui avait été étouffée sur le moment, éclatait de nouveau non seulement à travers la Judée, point de départ de ce fléau, mais même à travers Rome, où affluent et se propagent de tous côtés les abominations et les ignominies.

On arrêta d'abord ceux qui avouaient leur foi, puis, sur leur dénonciation, une multitude considérable, convaincue moins du crime d'incendie que de haine contre tout le genre humain.

À leur supplice on ajouta des jeux : couverts de peaux de bêtes, ils périssaient déchirés par les chiens ou bien ils étaient crucifiés ou enduits de substances inflammables et quand le jour tombait, on les brûlait la nuit en guise de flambeaux. Néron avait prêté ses jardins pour ce spectacle et y donnait des jeux de cirque, mêlé à la foule en habit de cocher ou se tenant sur un char. » *(Les Annales*, XLIV)

Suétone (vers 121) : « Les Juifs, à l'instigation de Chrestus faisant d'incessantes bagarres *(impulsore Chresto assidue tumultuantis)*, Claude les chassa de Rome. » *(La Vie des douze Césars)*

Malheureusement, ces témoignages réputés « tardifs » (début du IIe siècle) attestent non la crucifixion de « Jésus de Nazareth » mais l'existence de ceux qui, à Rome, se sont réclamés d'un « Chrestos », ou d'un « Chrestus », et rien ne dit de façon incontestable que ce nom recouvre la personne de Jésus…

Comme le soulignait autrefois, non sans humour,

Charles Guignebert : « Il faut beaucoup de bonne volonté et un désir robuste d'apprendre, coûte que coûte, quelque chose de qui ne dit rien, pour trouver sous trois ou quatre pauvres phrases de Tacite, de Suétone, de Pline le Jeune, de Celse, voire d'un prétendu Pilate, l'assurance de l'existence historique du Christ et quelques bribes d'enseignements sur sa vie. »

Du côté des auteurs juifs, rien de décisif non plus.

Philon d'Alexandrie ne mentionne nulle part la personne de Jésus dont il était pourtant contemporain.

Quant à Flavius Josèphe, le grand historien juif né en 37, mort aux alentours de 100, il cite Jésus dans deux passages de son livre *Antiquités juives*... Mais ne s'agirait-il pas d'interpolations, d'ajouts par une main chrétienne à qui l'absence de Jésus paraissait inimaginable ?

« Notre regard est biaisé à cause de l'importance qu'a prise ensuite le christianisme, dit Pierre Geoltrain. Mais, au départ, que Jésus ait prêché, qu'il ait été arrêté, qu'il soit mort comme bien d'autres, et même mort en croix comme bien d'autres, ça n'avait rien d'extraordinaire, et ça ne faisait pas obligation à un historien, ni de connaître son histoire, ni de le mentionner. »

L'indice le moins suspect à propos de l'historicité de Jésus vient, *a contrario*, des adversaires du christianisme, nombreux à la fin du IIe siècle : aucun d'entre eux, quelle que soit la violence de ses arguments, ne l'a mise en cause.

Comme le remarque Christian-Bernard Amphoux : « Si Jésus n'avait pas eu à ce moment-là d'existence historique, on en aurait profité, on aurait dit : "Mais est-ce qu'il a jamais existé, votre Jésus ?" » Il ajoute : « Je pense qu'on ne peut pas soutenir que Jésus n'ait pas existé historiquement quand on a lu le *Contre Celse* d'Origène. »

Intellectuel chrétien, Origène compose vers la fin du IIIe siècle une réfutation des thèses du philosophe païen Celse qui écrivait contre les chrétiens un siècle plus tôt.

De lui nous ne connaissons plus que les citations qu'en donne Origène puisque tous ses livres ont disparu. On peut y lire notamment, au Livre I, 62-63 : « Jésus s'étant attaché dix ou onze hommes décriés, publicains et mariniers fort misérables, s'est enfui avec eux deçà et delà, mendiant sa subsistance d'une manière honteuse et sordide. »

Ou au livre II-9 : « Comment pouvions-nous considérer comme Dieu celui qui, entre autres choses qu'on lui reprochait, n'exécuta rien de ce qu'il promettait ; qui, quand nous l'eûmes convaincu, condamné, jugé digne de supplice, alors qu'il se cachait et cherchait la fuite la plus honteuse, fut pris, livré par ceux qu'il nommait ses disciples ? Pourtant il ne lui était pas possible, s'il était Dieu, ni de s'enfuir, ni de se laisser emmener enchaîné ; et encore bien moins, s'il était considéré comme le Sauveur, le Fils et l'Envoyé du Dieu très grand, d'être abandonné et trahi par ses compagnons qui avaient partagé en tout point son intimité et le tenaient pour maître. »

Mais, malgré la virulence de sa polémique anti-chrétienne, jamais Celse ne met en cause un instant l'historicité du personnage de Jésus.

Un scandale et une folie

Un autre argument plaide paradoxalement de façon très forte en faveur de l'historicité de Jésus : sa crucifixion. « Cette crucifixion représentait un énorme problème, dit Enrico Norelli, car cette crucifixion faisait scandale. »

Dans l'*Épître aux Corinthiens*, Paul écrit que la croix est « un scandale et une folie ». Et, selon Pierre Grelot, « il est évident qu'annoncer un messie crucifié était un non-sens pour les Juifs. Et pour des Grecs, comment pouvez-vous faire admettre qu'un sauveur, quelqu'un qui est sauveur du monde, ait pu être crucifié ? On ne sauve pas le monde en étant cloué à une croix ». On peut en déduire qu'il a fallu composer avec cette crucifixion : cet événement ne pouvait être ni dissimulé ni rajouté…

Martin Hengel l'affirme : « On ne peut pas inventer ça ! »

En effet, à l'époque où les Évangiles trouvent quasiment leur forme actuelle, les chrétiens sont séparés de la synagogue, en lutte sinon en guerre contre « les Juifs ». Les Évangiles – surtout l'Évangile de Jean – contiennent des paroles très dures contre ces « autres », ces ennemis, ces « Juifs » qui n'ont pas voulu reconnaître Jésus comme le Messie qu'Israël attendait. Bien des épisodes des Évangiles les incriminent, les présentent sous un jour très noir, et sans doute aurait-il été plus simple pour les évangélistes de pouvoir écrire que Jésus avait péri lapidé. Ce mode d'exécution (auquel Jésus échappe plusieurs fois dans le cours des Évangiles) désignait les Juifs sans discussion.

Or les évangélistes conservent dans leur récit le fait que Jésus a été crucifié, et par conséquent qu'il a été exécuté comme criminel contre Rome.

La manière dont la crucifixion de Jésus a pu être perçue devait d'ailleurs être très différente au moment des faits et au moment de la rédaction des Évangiles.

Pour ses compagnons, pour ses disciples, pour ses compatriotes, lorsque Jésus meurt sur la croix, c'est un Juif exécuté par l'occupant romain ; et si cette mort peut paraître ignominieuse, elle porte aussi en elle une part de gloire : celle du martyr d'Israël mort face à l'ennemi. Et c'est vraisemblablement aussi pour cela que s'est transmis le souvenir de la crucifixion de Jésus. Ses contemporains pouvaient s'en réclamer, même si cette exécution signifiait pour eux un nouvel échec dans leur lutte de libération contre Rome.

Deux générations plus tard, hors de Palestine, s'éloignant du judaïsme, les chrétiens se trouvent dans une situation radicalement inverse : même s'ils viennent de la judaïté, ils ne sont plus juifs, ils cherchent à bénéficier de Rome du statut de « religion légale », ils veulent pactiser, se fondre dans l'Empire. Malgré cela, ils maintiennent que Jésus a été crucifié, ce qui les rend fondamentalement suspects puisque, aux yeux des Romains, ils vénèrent un criminel politique, mort en croix.

Pourquoi le font-ils ?

Sans doute parce que le poids de l'Histoire était tel qu'il ne pouvait être effacé. Du reste, à l'instar du grand théologien allemand Rudolf Bultmann qui considérait que « le Jésus historique n'est pas connaissable », les critiques les plus radicaux du texte, même s'ils rejettent tous les autres, tiennent toujours cet unique fait pour authentique : Jésus a été crucifié.

Le bois de malheur

Que savons-nous aujourd'hui de la crucifixion ?

Les Romains appelaient la croix « le bois de malheur ». Sur le plan historique, il existe relativement peu de témoignages sur les crucifixions dans l'Antiquité. Celui de Sénèque est l'un des plus significatifs : « Il se trouve donc un homme qui aime mieux fondre dans les tourments, périr membre à membre et répandre autant de fois sa vie goutte à goutte, que de l'exhaler d'un seul coup ? Oui, qui attaché au gibet maudit, déjà infirme, déjà difforme, les épaules et la poitrine déjà remontées en deux bosses affreuses, ayant ainsi, même avant la croix, mille motifs de mourir, veut prolonger une existence qui prolongera tant de tortures ? »

Comme le fait remarquer Martin Hengel, « les récits des évangélistes sont les plus complets dont nous disposons, les auteurs de l'Antiquité, les historiens ont tout juste rapporté le fait de la crucifixion, mais n'ont jamais décrit dans les détails une crucifixion ».

Mais l'incertitude quant au déroulement du supplice est clairement perceptible dans les Évangiles eux-mêmes où, rappelons-le, suivant le récit des synoptiques, un homme est réquisitionné pour porter la croix de Jésus alors que chez Jean, Jésus porte lui-même sa croix…

Cela pose au moins deux questions :

– un condamné portait-il le bois de son supplice jusqu'au lieu de l'exécution ?

– que portait-il ? La croix en entier ou la traverse horizontale (le *patibulum)* ?

Ni les textes ni l'archéologie ne nous permettent aujourd'hui de conclure : ces questions divisent encore les chercheurs. Nous pouvons simplement faire remarquer que, d'une part, Jésus a, chez Jean comme chez les synoptiques, porté sa croix ; au moins pour un temps. Comme l'écrivaient Artémidore : « Celui qui doit être cloué à la croix commence par la porter », ou Plutarque : « Dans les supplices corporels, chacun des malfaiteurs porte sa propre croix » (cités par Simon Légasse).

Suivant le texte de chacun des Évangiles, Jésus a donc porté sa croix. S'il n'avait porté que la traverse horizontale, le *patibulum,* on peut penser que les évangélistes l'auraient signalé comme Plaute, lorsqu'il indique « qu'il porta son *patibulum* à travers la ville, pour qu'il soit cloué à la croix ». Ou, dans *Mostellaria :*

« Ils te mèneront par les rues, le *patibulum* sur la nuque… » (cité par Simon Légasse).

Outre la donnée textuelle (Jésus porte sa croix, non son *patibulum),* sur un plan technique nul n'a pu résoudre de façon convaincante le problème de la fixation de cette poutre portée par un homme, sur le pieu vertical (les stipes) ; *a contrario,* la fixation à la croix du corps du supplicié avant que la croix ne soit dressée ne pose pas ce type de problème, elle paraît même plus vraisemblable (sans compter que cela s'accorde aux textes des Évangiles).

Quant à la forme de la croix et à sa taille, elles demeurent incertaines : croix en T, croix en +, croix en Y ? Vraisemblablement, les croix n'excédaient pas deux mètres de haut contrairement à la majorité des représentations picturales. Le supplicié pouvait aussi bien être fixé à un arbre.

Seuls peuvent être restitués avec moins d'incertitude certains détails du déroulement du supplice qui sont attestés par de nombreuses sources : la flagellation précédait toujours la crucifixion et, sans doute, bien des condamnés ne survivaient pas à ce châtiment.

Après avoir été flagellé, le condamné était crucifié nu.

Comment ne pas imaginer ensuite qu'un homme – même affaibli par la flagellation, meurtri par les tortures, épuisé par le portement du bois – se laisse crucifier sans se débattre, sans résister de toutes ses forces.

Combien d'entre eux s'évanouissaient ou mouraient dans ces moments où la violence culminait ? Et lorsque la croix était dressée, comment admettre que l'homme puisse y rester pendu sans bouger, sans maudire ses bourreaux, sans clamer son malheur, sans appeler au secours ? Comment ne pas comprendre que le simple réflexe de survie fait que le supplicié pousse sur ses jambes, qu'il tire sur ses bras pour ne pas étouffer ; qu'il tente à toute force de s'arracher à ce bois où il meurt, quitte à déchirer lui-même ses chairs, se tordant et se retordant sur lui-même.

Comment voir cela dans les images chrétiennes où Jésus subit son supplice avec patience, calme et résignation ?

Comment lire cette violence sous les textes qui ne nous disent rien d'autre que : « Il a été crucifié. »

Comme l'explique l'historien juif Joseph Klausner, « le corps du supplicié se couvrait de plaies ; le sang coulait de la chair à vif. De plus, ayant les mains clouées à la croix et les pieds liés (ou cloués) à la base de la poutre, il était dans l'impossibilité de chasser les moustiques et les mouches qui venaient sur son corps nu et ses blessures, et de se retenir de céder en public aux besoins naturels – il ne pouvait vraiment rien exister de plus horrible ni de plus épouvantable ».

La crucifixion n'était ni un mode d'exécution rapide, ni une mise à mort « propre ». C'était au contraire le spectacle d'une longue et humiliante agonie, pleine de bruit et de fureur au milieu du sang, des déjections, des râles…

« La crucifixion, c'était le pire des supplices », dit encore Émile Puech.

Pourtant la reconstitution documentaire d'une crucifixion – *a fortiori* de la crucifixion de Jésus – demeure aujourd'hui encore hors de portée. Nous restons toujours dans l'ordre de la spéculation, de l'hypothèse. En d'autres termes : nous ne savons pas exactement comment l'on crucifiait…

Joe Zias, archéologue aux Antiquités israéliennes, a tout particulièrement étudié les données anatomiques et la pathologie liées à la crucifixion.

Selon lui, tout dépend en fait de la manière dont on fixe le condamné sur la croix : « Il y a une manière où la mort survient en quelques minutes, une autre en quelques heures, une autre encore en quelques jours. Nous avons des rapports d'expériences de crucifixions pratiquées par les Allemands pendant la Seconde Guerre mondiale. Ils attachaient les mains ensemble et suspendaient la personne à une poutre. Si les deux mains sont attachées, au-dessus de la tête, et que tout le poids du corps y est suspendu, vous mourez en une heure. Mort par asphyxie. Si quelqu'un tient vos pieds de manière à vous empêcher de vous redresser, vous êtes mort en six à dix minutes. C'est un problème d'asphyxie, vous pouvez inhaler mais pas exhaler. Pour exhaler, il faut utiliser ses bras pour se redresser et se débarrasser de l'air. »

Yohanan

En 1968, à Giv'at Ha Mitvar, près de Jérusalem, furent mis à jour plusieurs urnes en pierre calcaire où les Juifs déposaient les os des défunts un an après leur mort. Un nom, « Yohanan », était gravé sur le côté de l'une d'entre elles, parfaitement lisible. À l'intérieur se trouvaient les restes d'un homme d'une trentaine d'années, d'environ un mètre soixante-dix ; son calcanéum, l'os du talon, était transpercé d'un clou.

C'est, à ce jour, l'unique preuve matérielle d'une crucifixion jamais découverte dans le monde.

Les pieds

La longueur du clou, le fait qu'il soit fiché dans un seul talon, permet de penser que le supplicié a eu les pieds cloués de part et d'autre du bois de son supplice ; en l'occurrence, des restes d'acacia collés au clou indiquant que, vraisemblablement, Yohanan avait été mis à mort non sur une croix mais sur un arbre.

Une petite plaquette d'olivier, également retrouvée, servait à faciliter l'enclouage du pied sur le poteau vertical.

Les mains

Les restes des os du bras du supplicié ne portaient pas de traces de clou. L'individu a donc sans doute eu les mains liées. Peut-être avons-nous dans ce détail une explication au fait que, bien que les textes antiques parlent de crucifiés par milliers, il n'existe aucune autre preuve physique de crucifixion en dehors du calcanéum cloué de Yohanan.

En règle générale, les condamnés devaient être liés.

Pourquoi alors Jésus aurait-il été cloué aux pieds et aux mains comme l'indique ce passage de l'Évangile de Jean où l'apôtre Thomas dit aux autres disciples en parlant du ressuscité : « Si je ne vois la marque des clous dans ses mains et si je ne mets ma main dans son côté, je ne croirai pas ».

Cela reflète-t-il un souvenir authentique qui singularise la mort de Jésus ou cela apparaît-il pour de tout autres raisons ?

Les évangélistes se devaient de montrer en quoi l'exécution de Jésus se distinguait de toutes les autres.

Comme l'explique Alan Culpepper, ils l'ont fait en mettant en scène tout ce qui se passe autour de la croix : « L'obscurité qui tombe sur le monde, le rideau du Temple qui se déchire, etc. » et aussi « en plaçant dans la bouche de Jésus des paroles qui attestent que tout avait été prédit par les prophètes ; que Jésus meurt en accomplissant les Écritures ».

Dans ce contexte, le clouage des pieds et des mains de Jésus peut apparaître comme un élément supplémentaire à la singularisation de sa mort dans les textes au risque de l'élimination de la réalité historique. Par exemple, à la fin du IIe siècle, Tertullien, dans *Contre Marcion*, attribuait à Jésus le monopole des clous : « Seul, il fut crucifié de façon si remarquable. »

« Si vous regardez les plus anciennes représentations de la crucifixion, dit Joe Zias, vous voyez un Jésus triomphant, mourant sur la croix. À partir du XIIIe siècle, nous passons d'un Jésus en gloire à un Jésus souffrant avec la représentation des tourments, du sang, de l'agonie. C'est donc toujours un point de vue théologique qui s'exprime à travers ces choix. Les pieds croisés, les trois clous, le fait que le supplicié soit habillé ne reflètent que de la théologie, rien que de la théologie. »

Dans son livre majeur, *Jésus*, Charles Guignebert écrivait : « Je ne crois pas possible de douter de l'historicité de la crucifixion ; mais je fais toutes réserves sur les détails du récit évangélique. »

En nous en tenant aux textes des Évangiles, nous pouvons donc simplement conjecturer qu'après avoir été mis à nu et flagellé, Jésus a porté sa croix jusqu'à ce que – à bout de forces – un homme (Simon de Cyrène, précise le texte) soit réquisitionné pour lui suppléer. Arrivé au lieu du supplice, Jésus a été mis en croix et la croix a été dressée.

Les Évangiles indiquent que Jésus n'eut pas les jambes brisées pour hâter son asphyxie et écourter son agonie ; il était déjà mort.

Le supplice servile

À l'origine, la crucifixion était un supplice oriental, pratiqué par les Perses, les Phéniciens, les Carthaginois ; les Grecs l'ont appris probablement des Perses et les Romains des Carthaginois. À Rome, c'est le « supplice servile » réservé aux esclaves puis étendu peu à peu à diverses catégories de criminels, par exemple aux voleurs et aux condamnés des provinces de l'Empire. On considère comme ignominieux de l'infliger à un citoyen romain, *Mors turpissima crucis.*

La crucifixion était un châtiment de masse.

Le légat de Syrie, Quintilius Varus, crucifia deux mille Juifs rebelles après la mort d'Hérode le Grand, six mille croix furent dressées entre Capoue et Rome lorsque la révolte de Spartacus fut anéantie, jusqu'à cinq cents Juifs par jour furent crucifiés lors du siège de Jérusalem…

Le témoignage de Flavius Josèphe, racontant le sort des Juifs qui essaient de fuir la ville assiégée, est éloquent : « Quand ils étaient sur le point d'être pris (par les Romains), ils étaient acculés à se défendre et, après le combat, il semblait trop tard pour implorer grâce. Aussi étaient-ils fouettés, soumis avant de mourir à toutes sortes de tortures, puis crucifiés face au rempart.

Leurs souffrances, certes, paraissaient pitoyables à Titus ; mais comme leur nombre – soi-disant jusqu'à cinq cents par jour – était trop grand pour courir le risque de les libérer ou de les faire garder, il laissa ses soldats agir comme ils l'entendaient, d'autant qu'il espérait que le spectacle horrible des innombrables croix amènerait plutôt les assiégés à se rendre. Aussi, les soldats, dans leur colère, et par haine, ridiculisaient les prisonniers en les crucifiant chacun dans une position différente, et, vu le nombre, la place manquait pour les croix, et les croix pour les corps. » *(La Guerre des Juifs).*

Un supplice juif ou romain?

Peut-on affirmer pour autant que ce sont les Romains, voire les Grecs, qui ont importé en Palestine ce système de punition ?

« Ce serait une relecture de l'Histoire qui irait contre l'Histoire », affirme Émile Puech.

Il suffit là encore de lire Flavius Josèphe pour s'en convaincre. L'un des volumes des *Antiquités juives* relate en effet que dans les années 80 avant notre ère le roi juif Alexandre Jannée fit crucifier en plein banquet près de huit cents pharisiens devant leur femme et leurs enfants.

« Même si le chiffre est probablement excessif, rappelle Pierre Geoltrain, cet exemple montre bien que la crucifixion n'est pas simplement le privilège de l'armée romaine d'occupation. Une sorte d'équivalent du poteau d'exécution pendant la dernière guerre… »

C'est aussi, et depuis longtemps, un supplice juif.

« Maudit celui qui est suspendu au bois », dit la Torah. »

« Pendre » ou « suspendre » au bois, c'est en effet l'expression en langue hébraïque que nous traduisons par « crucifier ». Cette expression se rencontre même dans le Nouveau Testament : « Le Dieu de nos pères a ressuscité ce Jésus que vous aviez fait mourir en le suspendant au gibet », peut-on lire dans le récit des *Actes des apôtres*, approximativement contemporain des Évangiles.

Une difficulté importante surgit toutefois : d'où provient cette formule « pendre au bois » ?

Pendu au bois

Dans la Bible hébraïque, les versets 22 et 23 du chapitre 21 du Deutéronome stipulent : « Quand un homme aura commis une faute passible de la peine capitale et qu'il aura été condamné, tu le suspendras sur le bois. Son cadavre ne passera pas la nuit sur le bois, mais tu l'enseveliras le jour même car le pendu est un objet de malédiction divine. »

Pour Joseph Fitzmyer, il ne s'agit certainement pas d'un mode d'exécution : « C'est un corps déjà mort qui est suspendu au gibet, souligne-t-il, c'est un cadavre qui est exposé. »

Joe Zias rappelle quant à lui que les Juifs crucifiaient peu. Ils lapidaient plutôt celui qui était reconnu coupable d'un crime : « Une fois que le malheureux avait été roué de coups et achevé à coups de pierre, on le pendait à un arbre pour en faire un exemple. »

« Mais qu'est-ce que ça peut faire à un cadavre d'être pendu ou non ? s'étonne Émile Puech. Est-ce un mode normal de punition ? »

« Il est vrai qu'historiquement les choses ont évolué à l'intérieur du judaïsme, reconnaît Joseph Fitzmyer, et qu'au fil du temps, le chapitre 21 du Deutéronome a reçu dans certains cercles une interprétation différente. »

Dans les années 1970 et 1980, on a beaucoup débattu des textes qui avaient été découverts dans les grottes de Qumrân avec les autres manuscrits de la mer Morte, le *Commentaire de Nahum* et *Le Rouleau du Temple*. Ces textes de Qumrân qui prévoient le châtiment des traîtres à Israël est, en fait, une réinterprétation du chapitre 21 du Deutéronome.

Copié au Ier siècle avant notre ère, *Le Rouleau du Temple* est un ouvrage en hébreu du IIe siècle avant J.-C. qui propose une lecture très stricte des lois mosaïques. Ce texte fait de la suspension au bois non plus un mode d'exhibition du cadavre des condamnés mais expressément un mode d'exécution.

Selon le déchiffrement qu'en propose Émile Puech, on peut lire : « S'il arrive qu'un homme agisse mal contre son peuple, qu'il le trahisse ou le livre à une puissance étrangère, vous le pendrez sur le bois et il mourra. »

Et Émile Puech de conclure que « *Le Rouleau du Temple* de Qumrân prouve bien que la crucifixion d'un homme vivant pouvait être en Palestine, et conformément au Deutéronome, un mode d'exécution capitale : vous le pendrez *et* il mourra »...

Faut-il en déduire que Jésus, en étant crucifié, aurait subi non pas un châtiment romain comme on le dit partout, mais un châtiment proprement juif, un châtiment conforme à la Torah ?

Daniel Schwartz s'interroge sur les ambiguïtés de cette interprétation du *Rouleau du Temple* de Qumrân : « Voilà un texte qui parle de pendaison, ce qui fait référence à la crucifixion comme dans les Évangiles ou les *Actes des apôtres*... Ce texte prévoit la mort pour celui qui livrerait les Juifs à un pouvoir étranger. Et d'où vient ce texte ? De Qumrân, où l'on trouve des prêtres exactement comme on trouve les Grands Prêtres à Jérusalem dans le cas de Jésus ! Et que fait Jésus sinon offrir aux Romains une raison de persécuter les Juifs ! Dès lors, il est facile à certains d'affirmer : "Voyez, Jésus est accusé par les Juifs et il est crucifié selon la loi des Prêtres !" Cela me semble difficile à admettre. D'abord, parce que si ça avait été aussi simple, les évangélistes auraient aimé cela ; ils auraient aimé que les Juifs crucifient Jésus, mais ce sont les Romains qui l'ont crucifié. Et cela, on ne peut pas le changer. »

Mais le doute n'est-il pas introduit par le texte lui-même de l'Évangile de Jean ?

« Il le leur livra... »

Dans l'Évangile de Jean, à la fin du procès, si nous traduisons mot à mot le grec, nous lisons au verset 16a : « Alors il livra Jésus à eux. »

Ce verset mérite une attention particulière dans la mesure où le « il » désigne Ponce Pilate, préfet de Judée, mais que le « eux » peut désigner plusieurs groupes.

En d'autres termes : à qui Pilate livre-t-il Jésus ?

À ses soldats ?

Encore faut-il préciser que ces « soldats romains » ne sont pas des légionnaires mais des auxiliaires recrutés dans le pays.

Comme l'explique Jean-Pierre Lémonon, « dans une petite province comme la Judée, on a affaire à des auxiliaires. Ce sont des "soldats romains" de par leur fonction, mais ce ne sont pas des troupes d'élite. Les légionnaires, eux, sont commandés par un membre du Sénat, chargé d'administrer un territoire important. Ils se trouvent en Syrie, par exemple, d'où ils peuvent intervenir facilement partout dans la province impériale. Les auxiliaires qui sont d'origine païenne – ce ne sont pas des Juifs qui serviraient dans l'armée romaine – interviennent plus modestement pour faire ce que le préfet leur commande ».

Dans le cas de Jésus, ces auxiliaires sont aux ordres du préfet Ponce Pilate.

Mais est-ce à eux qu'il livre Jésus ou aux Grands Prêtres mentionnés dans les versets précédents ?

Pour Marie-Émile Boismard, « si on prend le texte littéralement, ce sont les Juifs eux-mêmes qui vont mener Jésus pour le crucifier ».

Ce qu'approuve Frans Neirynck : « Ici les Juifs sont sujet de tout. Dans cette présentation, ce sont eux qui crucifient Jésus. »

Ce verset, au contraire, paraît sans aucune ambiguïté à Émile Puech : « Je crois que les textes du Nouveau Testament sont assez clairs. Ce n'est certainement pas Pilate qui l'a fait. Le récit de la Passion, dans tous les textes, vous montre que ce sont les Grands Prêtres, ceux qui avaient le pouvoir religieux dans Jérusalem et au Temple, qui ont été opposés à Jésus et que ce sont eux qui ont voulu en finir. Ce sont bien les Grands Prêtres, les chefs des scribes du peuple qui sont en cause. Ils voulaient mettre à mort Jésus avant la fête de Pâque, disent les Évangiles. Ils ont ameuté la foule donc, pour soutenir cette propagande et réclamé si quelqu'un savait où était Jésus qu'on le leur livre.

Que ce soient des soldats romains qui l'aient exécuté, sur le plan pratique, c'est clair, mais sur le plan théologique, de la mise à mort, de la réclamation de la peine, de l'accusation, ce n'est certainement pas les Romains. Ce n'est pas possible. »

Les Juifs ! Les Juifs ! Les Juifs !

Soutenir que ce sont les Juifs et non les Romains qui ont crucifié Jésus ne revient-il pas à prendre pour « historique » ce que nous dit le texte sans chercher à lire la réécriture de l'Histoire sous le texte, le travail idéologique sous la théologie ?

« Du point de vue de l'Histoire, rétorque Jean-Pierre Lémonon, c'est impensable que ce soient les Juifs qui aient crucifié Jésus. Sur le plan judiciaire, le seul à l'époque qui pouvait faire exécuter à mort un habitant du pays, un Israélite, c'était le gouverneur romain. D'ailleurs, les expressions évangéliques sont extrêmement fines. Les Grands Prêtres ne disent jamais qu'ils condamnent Jésus à mort, ils disent « il mérite la mort ». Et je crois que là nous avons le bon écho de la situation historique. D'où le passage qui se fait, des autorités juives à l'autorité romaine. Les Grands Prêtres, peuvent décider que Jésus, faux prophète, doit être exécuté, mais ils doivent passer par Pilate pour que l'exécution puisse être réalisée. »

« Il est très probable en effet que Pilate avait seul le droit de condamner Jésus. » Martin Hengel abonde dans ce sens : « Les Juifs le disent à Pilate au début du procès. "Prenez-le et condamnez-le d'après votre loi, nous, nous n'avons pas le droit de tuer quelqu'un, c'est toi qui dois faire le jugement." »

En dehors de la responsabilité judiciaire proprement dite, l'expression « Il leur livra » glissée incidemment dans le texte était lourde de conséquences.

« Ce qu'on sent à travers cette petite phrase, poursuit Jean-Pierre Lémonon, c'est qu'il va y avoir constamment la volonté dans la tradition chrétienne, d'insister sur la responsabilité des Juifs alors qu'il s'agit de quelques chefs juifs, de quelques Grands Prêtres. Je crois qu'il faut bien le voir, c'est extrêmement limité. »

« Je verrais quelque chose d'antisémite qui entre subrepticement dans la tradition, souligne Martin Hengel, dans ce déplacement qui exonère Pilate et les Romains pour charger les Juifs de la mort de Jésus. »

Dans l'Évangile de Pierre, un texte apocryphe écrit à la charnière du Ier et du IIe siècle, « ce sont même des Juifs qui crucifient Jésus ! rappelle Gerd Theissen. Les Grands Prêtres de Jérusalem et Hérode Antipas, le tétrarque de Galilée, exécutent Jésus tandis que Pilate refuse même de rendre la sentence : "Nul d'entre les Juifs ne se lava les mains, ni Hérode ni l'un de ses juges. Et comme ils n'avaient pas voulu se laver les mains, Pilate se leva et partit. Alors le roi Hérode ordonne que l'on emmène le Seigneur, disant : *Exécutez tous les ordres que je vous ai donnés à son sujet.*" »

Dans l'Évangile selon Jean, les Juifs du récit se contentent, si l'on ose dire, de réclamer le châtiment de Jésus.

« À mort ! À mort ! Crucifie-le », crie la foule à la fin du procès, quand Pilate, une fois encore, veut relâcher Jésus.

Pour Hyam Maccoby, « ce portrait des Juifs demandant la crucifixion de Jésus est responsable d'avoir fait couler plus de sang juif dans toute l'Histoire que tout autre passage du Nouveau Testament. C'est l'accusation éternelle qu'on fait porter aux Juifs, d'être responsables de la crucifixion de Jésus. Bien que l'on sache que ce sont les Romains qui l'ont fait. Encore aujourd'hui les Romains apparaissent comme innocents, et les Juifs comme coupables. »

« Aussi faut-il bien prendre garde, souligne Joseph Fitzmyer, à ne pas confondre l'historicité ou la probabilité des événements et la présentation qu'en donnent les Évangiles. »

Cette prudence est de rigueur, car il ne faut jamais perdre de vue la portée polémique de certains passages des Évangiles. Elle est particulièrement sensible ici, d'autant que Jean, après son sous-entendu contre les Juifs, fait intervenir les soldats romains comme s'il ne tenait aucun compte de ce qu'il venait d'écrire. On lit en effet au verset 23 : « Quand les soldats eurent crucifié Jésus… »

L'interprétation harmonisante de ce passage veut que Pilate ait livré Jésus à la volonté des Grands Prêtres et que ce soient des soldats romains qui l'aient crucifié…

Mais le texte ne dit pas cela.

Il superpose deux propositions violemment divergentes comme s'il voulait insinuer une autre hiérarchie des responsabilités que la responsabilité réelle. Même si, dans les faits, seuls les soldats romains pouvaient crucifier un condamné, dans le texte, chacun de leurs gestes semble commandé par la volonté des Juifs. Comme Jean le fait dire à Jésus dans son dialogue avec Pilate : « Celui qui m'a livré à toi porte le plus grand péché. »

« L'évangéliste cherche à pointer du doigt la responsabilité juive, conclut Joseph Fitzmyer, ce problème est celui de tout l'Évangile de Jean.

Il répète tout le temps : “les Juifs”, “les Juifs”, “les Juifs”. Mais on ne doit jamais oublier que l'Évangile de Jean n'a pas été écrit en Judée ou même en Palestine. Il a été écrit ailleurs, quelque part au Proche-Orient. L'évangéliste parle de cet ailleurs ; il parle à distance du pays d'où Jésus venait et où il a été mis à mort. C'est sa manière de s'exprimer : "Ces gens-là, les Juifs, l'ont fait", et cela implique que les Juifs sont accusés par les chrétiens d'avoir tué Jésus.

Il faut bien le comprendre, c'est ainsi que l'Évangile de Jean est rédigé. Malheureusement, peut-être…

Plus tard, à la période des Pères de l'Église, Origène dira : "Cela s'applique à tous les Juifs de tous les temps." Il s'agit là d'une extrapolation qui va au-delà de ce que Jean a dit, et pourtant c'est bien là la manière dont le texte de Jean est écrit. »

Mais sur quel fondement, sur quels faits repose cette accusation immémoriale contre les Juifs ?

Glossaire

APOCRYPHE : du grec, « *soustrait au regard* », « *caché* », « *secret* ». Le terme qualifie les écrits religieux non reconnus par les canons de l'Ancien et du Nouveau Testament. Il existe des évangiles apocryphes, des actes apocryphes, des apocalypses apocryphes... qui s'opposent aux textes canoniques.

CANONIQUE : quasiment fixé à la fin du IVe siècle, le canon est la liste officiellement admise des Écritures chrétiennes. Le Nouveau Testament est constitué de vingt-sept livres canoniques.

CORPUS : selon Bernard Dubourg, « agrégat de textes tendant à prendre l'aspect d'un tout cohérent ».

DEUTÉRONOME : de l'hébreu « *seconde loi* », il est le dernier livre du Pentateuque, c'est-à-dire de la loi hébraïque, la Torah. C'est un code religieux.

DOCÈTE : du grec « *sembler* » ; les docètes défendaient l'idée que Jésus n'était qu'un être spirituel ; qu'il n'avait été crucifié qu'en image.

ÉCRITURE : on appelle « Écriture », d'un point de vue chrétien, les textes de la Bible hébraïque ; dans le Nouveau Testament, l'Écriture, « ce qui est écrit », constitue la référence fondamentale.

ÉVANGILE : du mot grec « *bonne nouvelle* », il devient après le IIe siècle la façon de désigner le genre littéraire qui met en scène sous la forme d'un récit l'annonce de cette « bonne nouvelle », c'est-à-dire la vie et la mort de Jésus-Christ.

EXÉGÈSE : du mot grec signifiant « *explication* », il indique la recherche du sens d'un texte. Les exégètes sont ceux qui se consacrent à ce travail. L'usage du mot est quasiment limité à l'étude de l'Ancien et du Nouveau Testament.

EXODE : désigne la migration que plusieurs tribus juives firent d'Égypte en Canaan, au XIIe siècle avant notre ère. Le deuxième livre du Pentateuque porte ce nom.

GNOSE : doctrine philosophico-religieuse, née avant notre ère chrétienne, proposant une « connaissance révélée » (*gnosis*, en grec) supérieure et ésotérique des mystères de Dieu, de l'homme et du monde. Les gnostiques seront un courant de pensée très puissant, y compris dans certains courants du christianisme primitif qui refusent la réalité de l'incarnation de Jésus…

MISHNA : du mot hébreu « *répétition* », il désigne la partie la plus ancienne du Talmud, mise par écrit au IIe siècle de notre ère.

PENTATEUQUE : cinq premiers livres de la Bible (Genèse, Exode, Lévitique, Nombres, Deutéronome) constituant pour les Juifs la Loi par excellence, la Torah.

PÈRES DE L'ÉGLISE : écrivains chrétiens de langue grecque ou latine qui, de la fin du Ier au VIe siècle, ont explicité la doctrine chrétienne. La « patristique » est l'ensemble de leurs œuvres.

RECENSION : forme – fidèle ou non – donnée à un texte ancien par un copiste ou un éditeur postérieur.

SANHÉDRIN : assemblée juive de soixante et onze membres ; il fonctionne jusqu'à la destruction du Temple en 70 comme l'autorité suprême en matière religieuse et politique. Le Sanhédrin siège dans le Temple de Jérusalem.

SEPTANTE : nom donné à la traduction grecque de la Bible hébraïque (IIIe-IIe siècle avant J.-C.) que la légende attribuait à soixante-dix (ou soixante-douze) Juifs d'Alexandrie.

SHABBAT ou **SABBAT** : repos hebdomadaire (du vendredi soir au samedi soir) que la Loi impose aux Juifs pour le consacrer à Dieu.

SYNOPTIQUES : qualificatif des Évangiles de Matthieu, Marc et Luc, qui se prêtent, par leurs nombreuses similitudes, à la mise en parallèle des textes traitant du même thème, et qui permettent leur comparaison « d'un seul regard » (en grec, *sunopsis*). De ce fait, les synoptiques diffèrent du quatrième Évangile, l'Évangile de Jean, dont le récit est composé très différemment.

TALMUD : ensemble de la loi juive orale, mise par écrit par les rabbins. On distingue le Talmud de Jérusalem (IVe siècle de notre ère) et le Talmud de Babylone (Ve siècle de notre ère), plus complet.

TORAH : codification écrite de la Loi juive, attribuée à Moïse et transmise par le Pentateuque, c'est-à-dire les Livres de la Bible suivants : la Genèse, l'Exode, le Lévitique, les Nombres et le Deutéronome.

TRADITION : histoire d'un texte depuis les matériaux primitifs jusqu'à la forme littéraire connue aujourd'hui.

VARIANTE : états différents d'un même texte dont on retrouve à travers les manuscrits, les citations, les traductions, des attestations différentes. Il en existe environ cent mille pour le Nouveau Testament

Chronologie

env. - 1000	Royaume d'Israël fondé par David.
env. - 930	Séparation du Royaume du Sud (Juda) et du Royaume du Nord (Israël).
- 720	Invasion par les Assyriens du royaume d'Israël.
- 590	Prise de Jérusalem et de Juda par les Babyloniens.
- 166	Soulèvement des Macchabées.
- 63	Prise de Jérusalem par Pompée.
- 4	Mort d'Hérode le Grand, roi des Juifs, et division de son royaume.
0	Point théorique du début de l'ère chrétienne.
4	Hérode Antipas devient tétrarque de Galilée (jusqu'en 39).
6	La Judée et la Samarie deviennent provinces romaines sous administration directe. Soulèvement de Judas le Galiléen.
14	Tibère, empereur jusqu'en 37.
18	Caïphe, Grand Prêtre du Temple de Jérusalem jusqu'en 36.
26	Ponce Pilate, préfet de Judée jusqu'en 36.
vers 30	Mort de Jésus ?
37	Caligula, empereur.
41 ou 49	Décret de Claude expulsant les Juifs de Rome.
env. 55	Première Épître aux Corinthiens de Paul.
54	Néron, empereur.
62	Lapidation de Jacques, frère de Jésus.
66 - 70	Révolte juive et destruction du Temple. Prise de Jérusalem par les Romains.
73	Chute de Massada.
132 - 135	Seconde révolte juive sous la conduite de Simon Bar Koshba.
env. 134	Jérusalem devient Ælia Capitolina et est interdite aux Juifs
env. 135	Papyrus Ryland – fragment le plus ancien d'un Évangile jamais découvert.
env.175	Papyrus Bodmer – exemplaire le plus ancien d'une copie presque complète de l'Évangile de Jean.
env. 325	L'empereur Constantin se convertit au christianisme.

Repères historiques

Hérode Ier ou Hérode le Grand : fondateur de la dynastie hérodienne qui collabore avec les Romains, il se fait proclamer roi et se maintient au pouvoir de 37 à 4 avant J.-C. C'est sous son règne qu'est située traditionnellement la naissance de Jésus.
Hérode Antipas (ou Hérode dans les récits de la vie publique de Jésus) : tétrarque de Galilée de 4 avant J.-C. à 39 après J.-C.
Hérode Agrippa : petit-fils d'Hérode Ier, il reconstitua pour une brève période (41 - 44 après J.-C.) le royaume de son grand-père, grâce à l'appui des empereurs Caligula et Claude.
Archelaüs (Hérode) : fils d'Hérode Ier, il avait reçu à la mort de son père (4 avant J.-C.) le gouvernement de la Judée, de la Samarie et de l'Idumée, mais fut déposé par Auguste (6 après J.-C.) et la Judée passa sous la tutelle directe de Rome.
Hérode Philippe Ier : appelé simplement Philippe dans les Évangiles : un des fils d'Hérode Ier, tétrarque des régions transjordaniennes (4 avant J.-C. - 34 après J.-C.).
Hérodien : désigne la dynastie originaire d'Idumée dont les membres ont gouverné tout ou partie de la Palestine, sous des titres divers, de 47 avant J.-C. à la prise de Jérusalem par Titus (70 après J.-C.).
Ponce Pilate : préfet de Judée de 26 à 36 après J.-C. Sa présence en Palestine est attestée autant dans les œuvres de Flavius Josèphe et de Philon d'Alexandrie que par une pierre portant son nom découverte à Césarée.
Prêtre (Grand Prêtre) : dans la religion judaïque, membre d'une des familles sacerdotales responsables du service cultuel

au Temple ; dans les Évangiles, il est fait mention d'Ann (Grand Prêtre de 6 à 15) et de son beau-fils (?) Caïphe (Grand Prêtre de 18 à 35).

Pharisien : parti religieux-laïc opposé au pouvoir des Sadducéens. Après la chute du Temple, les Pharisiens seront ceux qui reconstruiront le judaïsme pour lui donner la forme que nous lui connaissons aujourd'hui.

Qumrân : site archéologique au nord-est de la mer Morte où l'on a mis au jour, à partir de 1947, un ensemble de bâtiments de type monastique ayant abrité une communauté. Ceux-ci semblent avoir été violemment détruits au cours de la révolte juive de 66 - 70 après J.-C. On y a retrouvé de nombreux manuscrits bibliques et sectaires datant de cette époque.

Samaritain : communauté juive dissidente dont la rupture avec le judaïsme date de 925 av. J.-C. environ. Leur temple, rival de celui de Jérusalem, est situé sur le mont de Garizim.

Saducéen : secte juive dont les membres appartenaient surtout à l'aristocratie sacerdotale et jouaient un rôle politique important.

Temple : le premier Temple a été édifié au temps de Salomon (Xe siècle avant J.-C.) et détruit par les Babyloniens. Le Temple du temps de Jésus est le second rebâti au retour d'exil (VIe siècle) et considérablement aménagé et enrichi par Hérode le Grand à partir de l'an - 20. Sa destruction au cours de la prise de Jérusalem par Titus (70 après J.-C.) marque l'écrasement de la première révolte juive.

Zélote : parti juif religieux politique fondé par Judas le Galiléen en vue de s'opposer au recensement de Quirinius. Les zélotes menèrent une lutte à la fois contre les Romains et contre les Juifs soupçonnés de collaborer avec eux par manque de zèle envers Dieu.

Bio-bibliographies des participants

◆ **Christian-Bernard Amphoux** est spécialiste de l'histoire du texte et de la langue du Nouveau Testament. Chercheur au CNRS, il dirige le Centre de recherches textuelles Jean-Duplacy à Lunel-Montpellier. Il a notamment publié, avec Léon Vaganay, *Initiation à la critique textuelle du Nouveau Testament* (Cerf, 1986), ainsi que *La Parole qui devint Évangile* (Éditions du Seuil, 1993) et *L'Évangile selon Matthieu, Codex de Bèze* (Le Bois d'Orion, 1996).

◆ **Moshe Bar-Ascher**, linguiste, enseigne à l'Université de Jérusalem. Il est président de l'Académie des langues hébraïques d'Israël. Il a publié de nombreux articles sur les langues sémitiques, leur histoire, leur grammaire. Parmi ses livres, citons : *Palestinian and Grammatical Problems* (1977), *The Tradition of Michnaic Hebrew in the Communities of Italy* (1980).

◆ **Marie-Émile Boismard** travaille depuis de nombreuses années à l'École biblique et archéologique de Jérusalem. Spécialiste de l'Évangile de Jean, il a édité les trois tomes de la *Synopse des Évangiles* (en collaboration avec P. Benoît et A. Lamouille). Cet ouvrage de référence a également été traduit à travers le monde. Ses recherches concernent principalement la critique textuelle comme en témoignent *La Vie des Évangiles*, avec A. Lamouille (Cerf, 1980) et surtout *Moïse ou Jésus* (Leuven University Press, 1988). Il est également l'auteur de *Faut-il encore parler de « résurrection » ?* (Cerf, 1995) et de *À l'aube du christianisme, avant la naissance des dogmes* (Cerf, 1998).

◆ **Alan Culpepper** (Mercer University, Atlanta), spécialiste de l'Évangile de Jean du point de vue de la critique narrative, a notamment publié aux États-Unis *Anatomy of the Fourth Gospel. A Study in Literary Design* (1983), *The Johannine School* (1975), *John the Son of Zebedee : the Life of a Legend* (1994).

- **Joseph A. Fitzmyer**, jésuite, est professeur émérite de l'Université catholique d'Amérique à Washington. Spécialiste de l'Évangile de Luc, sur lequel il a publié un vaste commentaire, il l'est aussi des questions touchant aux origines sémitiques des textes évangéliques, notamment son substrat araméen. Il a publié de très nombreux livres, parmi lesquels *Essays on the Semitic Background of the Nex Testament, The Dead Sea Scrolls, The Gospel according to Luke, The Gospel according to Paul...*
- **Ennio Floris**, originaire de Cagliari (Sardaigne), est docteur en théologie de l'Angelicum de Rome et docteur en philosophie de l'université de Paris. Il est l'auteur de *Sous le Christ, Jésus* (Flammarion, 1987) où il développe sa méthode d'analyse référentielle des Évangiles. Il prépare actuellement un essai sur Judas.
- **Sean Freyne** est professeur de théologie au Département d'Études hébraïques, bibliques et théologiques du Trinity College de l'université de Dublin et membre du comité de rédaction de la revue internationale *Concilium*. C'est un spécialiste de l'histoire sociale et politique de la Galilée au Iᵉʳ siècle, à laquelle ont été consacrées la plupart de ses publications.
- **Pierre Geoltrain**, directeur d'études à l'École pratique des hautes études (Paris), est spécialiste de l'histoire des idées et des origines du christianisme. Il a dirigé, avec François Bovon, l'édition des *Écrits apocryphes chrétiens* pour la Bibliothèque de La Pléiade chez Gallimard (1997).
- **Christian Grappe**, maître de conférences à la Faculté de théologie protestante de l'université des Sciences humaines de Strasbourg, a publié aux Presses universitaires de France *D'un Temple à l'autre* (1992) et *Images de Pierre aux deux premiers siècles* (1995). Il travaille principalement sur le premier christianisme de l'Église de Jérusalem.
- **Pierre Grelot**, professeur honoraire à l'Institut catholique de Paris (École des langues orientales anciennes et Faculté de théologie).

a été membre de la Commission biblique pontificale. Auteur de nombreuses participations à des encyclopédies et volumes collectifs ainsi que de plus d'une vingtaine d'ouvrages d'exégèse et de théologie biblique (dernièrement : *La Tradition apostolique*, *Réponse à Eugène Drewermann*, *Dieu le Père de Jésus-Christ*, *Les Juifs dans l'Évangile selon Jean)*, il est également un des grands spécialistes de l'araméen du Nouveau Testament – citons notamment *L'Origine des Évangiles*, *Controverse avec Jean Carmignac* (Cerf, 1986). Il vient de publier les deux tomes de *Jésus de Nazareth, Christ et Seigneur* (Cerf, 1997-1998).

- **Martin Hengel**, professeur émérite de Nouveau Testament et d'Antiquités juives à l'université de Tübingen. Depuis son classique *Die Zeloten* (1961), ses livres sont traduits en neuf langues. Citons : *La Crucifixion dans l'Antiquité* (Cerf, 1981) et dernièrement *The Prechristian Paul* (1991), *Judaïca et Hellenistica* (1996), *Paul between Damascus and Antioch* (1997).
- **Éric Junod**, actuellement recteur de l'université de Lausanne, enseigne l'histoire du christianisme à la Faculté de théologie. Spécialiste du christianisme primitif, ses publications concernent principalement Origène, Philon d'Alexandrie et les apocryphes du Nouveau Testament comme *L'Évangile de Pierre* dont il a assuré une nouvelle édition commentée pour La Pléiade (Gallimard).
- **Jean-Pierre Lemonon**, professeur d'exégèse néo-testamentaire et d'histoire du Ier siècle à la Faculté de théologie de l'Université catholique de Lyon dont il a été le doyen (1985-1991), est l'auteur de l'ouvrage de référence sur Ponce Pilate, *Pilate et le gouvernement de Judée* (Gabalda, 1981) et récemment, avec J. Comby, de *Rome face à Jérusalem, regards des auteurs grecs et latins* (Cerf, 1992). Il a aussi publié *Le Monde où vivait Jésus* en collaboration avec H. Cousin et J. Massonnet (Cerf, 1997).
- **Malcom Lowe,** membre de l'Œcumenical Theological Research Fraternity en Israël, est également l'éditeur de la revue *Immanuel* et travaille tout particulièrement sur le dialogue chrétiens-Juifs à travers le Nouveau Testament.
- **Hyam Maccoby**, professeur au Leo Baeck College de Londres,

a été rédacteur en chef de *The Jewish Quaterly*. Il a publié notamment *Revolution in Judaea (Jesus and the Jewish Resistance)* (1980), *Judas Iscariot and the Myth of Jewish Evil* (1992). Son dernier livre est *A Pariah People : the Anthropology of Antisemitism* (1996), traduit en français : *Paul et l'invention du christianisme* (Lieu commun, 1987).

- **Daniel Marguerat**, professeur de Nouveau Testament à l'université de Lausanne, où il travaille au sein de l'Institut des Sciences bibliques. À côté de livres destinés à un plus large public, notamment *L'Homme qui venait de Nazareth* (Éd. du Moulin, 1990), il dirige aux Éditions Labor et Fidès à Genève la collection « Le Monde de la Bible » où il a publié Oscar Cullmann, François Bovon, Jean Zumstein, Maurice Carrez, J.-D. Kaestli, François Vouga, Pierre Prigent et son *Jugement dans l'Évangile de Matthieu* (1981). Il vient de diriger *Le Déchirement. Juifs et chrétiens au Ier siècle* (Labor et Fidès, 1996).
- **Frans Neirynck,** professeur émérite de l'université de Louvain (Leuven), édite de nombreuses revues et est l'auteur d'un nombre considérable d'articles consacrés à l'étude du texte du Nouveau Testament. Notons, parmi son importante bibliographie, ses ouvrages les plus récents chez Leuven University Press : *Q-Synopsis : The Double Tradition Passages in Greek* (1988 et 1995), *The Minor Agreements in a Horizontal-Line Synopsis* (1991), *Evangelica II : 1982-1991* (1991), *The Gospel of Mark* A Cumulative Bibliography : 1950-1990 (1992). Trois volumes de *Mélanges* lui ont été consacrés en 1992. *The Four Gospels, Festschrift Frans Neirynck* (1992).
- **Étienne Nodet**, ancien élève de l'École polytechnique, dominicain de l'École biblique et archéologique française de Jérusalem, assure la traduction et l'édition commentée des *Antiquités juives* de Flavius Josèphe (sur les huit prévus, deux volumes sont parus aux éditions du Cerf). Après son *Essai sur les origines du judaïsme* chez le même éditeur, il a publié, en collaboration avec Justin Taylor, *Essai sur les origines du christianisme* (1997).
- **Enrico Norelli** enseigne à la Faculté autonome de théologie protestante de l'Université de Genève. Ses publications portent

principalement sur la littérature apocryphe, les apologistes, Marcion, Irénée de Lyon, les doctrines eschatologiques, le rapport avec le judaïsme et l'histoire de l'exégèse chrétienne ancienne. Il est l'auteur de plusieurs ouvrages sur *L'Ascension d'Isaïe* dont une édition traduite et commentée chez Brepols (1993) ainsi que pour La Pléiade (Gallimard, 1997). Avec Daniel Marguerat et J.-M. Posset, il a dirigé la publication du volume collectif *Jésus de Nazareth, nouvelles approches d'une énigme* (Labor et Fidès, 1998).

- **Charles Perrot,** professeur honoraire de l'Institut catholique de Paris, bibliste, spécialiste du judaïsme contemporain de Jésus, est, en particulier, l'auteur de *Jésus et l'Histoire* (Desclée, 1993), devenu un livre de référence sur la question historique à propos de Jésus et du judéo-christianisme des premiers temps. Il vient de publier *Jésus de Nazareth, Christ et seigneur des premiers chrétiens* (Desclée, 1997).
- **Émile Puech**, directeur de recherches au CNRS, est co-éditeur en chef des manuscrits de la mer Morte, directeur de la *Revue de Qumrân*. Épigraphiste, il a publié un nombre considérable d'articles dans des revues du monde entier... Il est également membre de la Société des lettres, sciences et art de l'Aveyron (Rodez), membre du Conseil éditorial de la revue *Le Monde de la Bible* (Bayard) et consultant pour le projet de l'*Encyclopædia of the Dead Scrolls* (New York). Il est co-auteur du volume collectif *Qumrân et les manuscrits de la mer Morte, un cinquantenaire* (Cerf, 1997).
- **Daniel Schwartz** est professeur au Département d'Histoire juive à l'Université hébraïque de Jérusalem. Il a publié : *Agrippa I : The Last King of Judea* (1990) et *Studies in the Jewish Background of Christianity* (1992). Il prépare actuellement une édition critique du *Second Livre des Macchabées* dont il assurera aussi la traduction.
- **Jean-Marie Sevrin,** spécialiste de l'Évangile selon Jean et des écrits gnostiques coptes, enseigne à la Faculté de théologie et de droit canonique de l'Université catholique de Louvain-la-Neuve. Hormis ses publications concernant les textes de Nag Hamadi,

il a dirigé *The New Testament in Early Christianity*, la réception des écrits néo-testamentaires dans le christianisme primitif (Leuven Universtiy Press, 1989).

- **Guy Gedaliahu Stroumsa,** spécialiste de la Gnose, enseigne à l'Université hébraïque de Jérusalem. Il a publié des textes dans de nombreux ouvrages collectifs et, à titre individuel : *Another Seed : Studies in Gnostic Mythology* (1984), *Savoir et Salut* (Cerf, 1992), *Hidden Wisolom : Esoteric Traditions and the Roots of Christian Mysticism* (1996).
- **Étienne Trocmé,** professeur émérite de l'université des Sciences humaines de Strasbourg, a été président de Strasbourg-II, doyen de la Faculté de théologie protestante et premier vice-président de la conférence des présidents d'université. Il est directeur de la *Revue d'histoire et de philosophie religieuse*, et préside notamment la Société internationale pour l'étude du Nouveau Testament et la Société Ernest-Renan. Parmi ses publications : *La Formation de l'Évangile selon Marc* (PUF, 1963), *Jésus de Nazareth vu par les témoins de sa vie* (Delachaux et Niestlé, 1972), *The Passion as Liturgy* (1983), *L'Enfance du christianisme* (Éditions Noêsis, 1997).
- **Gerd Theissen** est professeur de Nouveau Testament au Séminaire de théologie protestante de l'université de Heidelberg. Spécialiste de la sociologie de la Palestine au Ier siècle, il lui a consacré plusieurs de ses ouvrages. Certains ont été traduits en français : *Le Christianisme de Jésus* (1978), *Histoire sociale du christianisme primitif* (1996) et *L'Ombre du Galiléen, récit historique* (Cerf, 1994). Il vient de faire paraître, avec A. Merz, *Der Historiche Jesus* (1996).
- **Joe Zias,** anthropologue au département des Antiquités israéliennes, où il travaille au musée Rockefeller, a publié de très nombreuses études, notamment sur les ossements du seul crucifié jamais découvert, *The Crucified Man from Giv'at ha Mirta*. Il a aussi travaillé à la question de la crucifixion elle-même, tant sur le plan historique que sur le plan médical (et sur l'histoire de ses représentations).

Repères bibliographiques

- P. Benoît et M.-É. Boismard : *Synopse des quatre Évangiles* (Cerf, 1990)
- Pierre-Antoine Bernheim, *Jacques, frère de Jésus* (Editions Noêsis, 1996)
- Marie-Émile Boismard : *Moïse ou Jésus* (Leuven University Press, 1988)
- S.G.F. Brandon : *Jésus et les zélotes* (Flammarion, 1975)
- Rudolph Bultmann : *Jésus, mythologie et démythologisation* (Le Seuil, 1968)
- Collectif : *Les Évangiles* (Desclée de Brouwer, 1990)
- Oscar Cullmann : *Jésus et les révolutionnaires de son temps* (Delachaux et Niestlé)
- Bernard Dubourg : *L'Invention de Jésus*, tomes 1 et 2 (Gallimard, collection L'Infini, 1987 et 1989)
- Ennio Floris : *Sous le Christ, Jésus* (Flammarion, 1987)
- Paula Fredriksen, *De Jésus aux Christs* (Cerf, 1992)
- Charles Guignebert : *Jésus* (Albin Michel, réédition 1969), *Le Christ* (Albin Michel, réedition 1969)
- Pierre Grelot : *Les Juifs dans l'Évangile selon Jean* (Gabalda, 1995), *L'Espérance juive à l'heure de Jésus* (Desclée, 1996)
- Mireille Hadas-Lebel : *L'Hébreu, trois mille ans d'histoire* (Albin Michel, 1992), *Flavius Josèphe* (Fayard, 1989)
- Tristan Hannaniel : *Les Controverses du christianisme* (Bordas, 1992)
- Helmut Koester et François Bovon : *Genèse de l'écriture chrétienne* (Brépols, 1991)
- Simon Légasse : *Le Procès de Jésus*, tomes 1 et 2 (Cerf, 1994)
- Charles Perrot : *Jésus et l'Histoire* (Desclée, 1993)

◆ *Écrits apocryphes chrétiens* (Gallimard, La Pléiade, 1997)
◆ Michel Quesnel, *L'Histoire des Évangiles* (Cerf, 1987)
◆ Louis Rougier, *La Genèse des dogmes chrétiens* (Albin Michel, 1972)
◆ Graham Stanton, *Parole d'Evangile?* (Cerf, 1997)
◆ Raoul Vaneigem : *La Résistance au christianisme* (Fayard, 1993)
◆ François Vouga, *Les Premiers pas du christianisme* (Labor et Fidès, 1998)
◆ Sous la direction de J.-D. Kaestli et D. Marguerat : *Le Mystère apocryphe* (Labor et Fidès, 1995)

Pour mémoire, nous renvoyons à quelques textes fondamentaux mais disponibles uniquement en bibliothèque :

◆ l'ensemble de l'œuvre d'Alfred Loisy (1856-1940),
◆ Maurice Goguel : *Jésus* et *La Naissance du christianisme*,
◆ Joseph Klausner : *Jésus de Nazareth*,

et les ouvrages des historiens rationalistes comme Prosper Alfaric, P.-L. Couchoud, Georges Ory ou Daniel Massé.

Les citations d'Origène, *Contre Celse* (traduction Marcel Borret), de Tertullien, *Contre Marcion* (traduction René Braun), de Méliton de Sardes, *Sur la Pâque* (traduction Marcel Borret), de *L'Évangile de Pierre* (traduction M.-G. Mara) proviennent de la collection Sources chrétiennes (Cerf).

L'œuvre de Justin, présentée par Jean-Daniel Dubois, traduite par G. Archambault et L. Pautigny a été publiée par les éditions Migne-Brépols (1994).
Les éditions du Cerf assurent l'édition de Philon d'Alexandrie et en particulier de *Legatio ad Caïum* (traduction André Pelletier) et des *Antiquités juives* de Flavius Josèphe (traduction en cours sous la direction de Étienne Nodet).
La Guerre des Juifs, présentée par Pierre Vidal-Naquet (traduction Pierre Savinel), est publiée par les éditions de Minuit (1977).

Ecrivains et cinéastes, **Gérard Mordillat** et **Jérôme Prieur** ont réalisé ensemble un grand documentaire, *La Véritable Histoire d'Artaud le Momo* (avec Paule Thévenin, Marthe Robert, Henri Thomas, Jacqueline Adamov et Henri Pichette), puis écrit pour le cinéma l'adaptation du journal de Jacques Prevel, *En compagnie d'Antonin Artaud*, réalisé par Gérard Mordillat – avec Sami Frey, Marc Barbé, Julie Jézéquel, Charlotte Valandrey et Valérie Jeannet.

Au terme de ces deux films, Gérard Mordillat et Jérôme Prieur ont assumé la nouvelle édition commentée de l'œuvre de Jacques Prevel, *En compagnie d'Antonin Artaud* suivi de *Poèmes* (Flammarion).

Ce travail de référence sur Antonin Artaud a été récompensé par le prix de l'Académie Charles-Cros, le prix Max-Pol-Fouchet de la Société des gens de lettres et le Prix spécial de la Société des auteurs et compositeurs dramatiques. Enfin, ils ont reçu la médaille Yedi-Frends pour leurs recherches.

Mille et une nuits propose des chefs-d'œuvre pour le temps d'une attente, d'un voyage, d'une insomnie…

15 mars 98

LES PREMIERS LIVRES EN EURO

Nouveautés

n° 196 Bossuet, *Sermon sur l'ambition* ; 1 euro/6,50 F
n° 197 Maïakovski, *Le Nuage en pantalon* ; 1,50 euro/10 F
n° 198 Karl Kraus, *Aphorismes* ; 2 euro/13 F
n° 199 *Genèse* ; 2,50 euro/16F50
n° 201 Cyrano de Bergerac, *L'Autre Monde* ; 3 euro/19,50 F
n° 202 Proust, *Les Plaisirs et les Jours* ; 3,50 euro/23 F

Réimpression

n° 9 Miguel de Cervantes, *L'Amant généreux* ; 1,5 euro/10 F
n° 18 Sénèque, *Sur la brièveté de la vie* ; 1 euro/6,50 F
n° 31 Prosper Mérimée, *Carmen* ; 2 euro/13 F
n° 53 Pascal, *Discours sur les passions de l'amour* ; 1 euro/6,50 F
n° 59 Sade, *Français, encore un effort si vous voulez être républicains* ; 1,5 euro/10 F
n° 98 Spinoza, *Traité de la réforme de l'entendement* ; 2 euro/13 F

Déjà parus chez Arte Éditions/Éditions Mille et une nuits

***Corpus Christi*, l'intégrale**
Un coffret de 6 volumes :
Crucifixion, Procès, Roi des Juifs, Pâque, Résurrection, Christos

85. Elie Wiesel/Jorge Semprun, *Se taire est impossible.*
110. Jacques Berque/Jean Sur, *Les Arabes, l'islam et nous.*
129. Pierre Legendre, *La Fabrique de l'homme occidental.*
143. Dominique Méda/Juliet Schor, *Travail, une révolution à venir.*
157. Edgar Morin/Christoph Wulf, *Planète : l'aventure inconnue.*
170. Jacques Testart/Jens Reich, *Pour une éthique planétaire.*
183. Claude Lanzmann, *Un vivant qui passe*

Hors collection
Collectif, *L'@mour est à réinventer.*
Collectif, *Cannes, les années Festival Cinquante ans de cinéma (coffret, 50 vol.).*
Claire Alby/Alfred Caron, *Passion Callas*

Pour chaque titre, le texte intégral, une postface, la vie de l'auteur et une bibliographie.

Achevé d'imprimer en mars 1998,
sur papier recyclé Ricarta-Pigna par G. Canale & C. SpA (Turin, Italie)